I0693869

O Gato Preto

Edgar Allan Poe

Traduzido por:

Philipe Pharo da Costa

Autor: Edgar Allan Poe

Tradutor: Philipe Pharo da Costa

Título: O Gato Preto

Título Original: The Black Cat (1843)

Coleção: Série Grandes Autores

Revisão: do Tradutor (11 janeiro 2019)

Imagem de Capa: ContraatircsE

Design de Capa e Interior: Contraatircse

Produção: Contraatircse

1ª Edição – 1 de janeiro de 2019

AO 1990

Depósito Legal: 450549/19

ISBN-13: 978-989-54130-8-9

Contacto para encomendas a retalho: ContraatircsE@gmail.com

ÍNDICE

PREÂMBULO

O Gato Preto, de Edgar Allan Poe, é um dos seus contos horríficos mais conhecidos. Autor multiexperimental, Edgar Allan Poe é um dos mais relevantes autores norte-americanos do século XIX, e escreveu esta "short-story" – género literário em que Poe era mestre – para o provar, criando um ambiente fantasioso de sequência de eventos que levam a um estranho e escabroso crime.

The Valley of Unrest

Once it smiled a silent dell
Where the people did not dwell;
They had gone unto the wars,
Trusting to the mild-eyed stars,
Nightly, from their azure towers,
To keep watch above the flowers,
In the midst of which all day
The red sun-light lazily lay.
Now each visitor shall confess
The sad valley's restlessness.
Nothing there is motionless --
Nothing save the airs that brood
Over the magic solitude.
Ah, by no wind are stirred those trees
That palpitate like the chill seas
Around the misty Hebrides!
Ah, by no wind those clouds are driven
That rustle through the unquiet Heaven
Uneasily, from morn till even,
Over the violets there that lie
In myriad types of the human eye --
Over the lilies there that wave
And weep above a nameless grave!
They wave: -- from out their fragrant tops
Eternal dews come down in drops.
They weep: -- from off their delicate stems
Perennial tears descend in gems.

Edgar Allan Poe

O Vale da Inquietude

Uma vez sorriu-me um silencioso vale
Mas não habitavam pessoas nele;
Elas tinham partido para as guerras,
Confiantes nas passivas estrelas,
Noturnas, desde as suas torres azuis,
Para manter vigia sobre os florais,
Na neblina da qual todo o dia
A preguiçosa luz vermelha do sol varia.
Agora cada visitante irá confessar
O frenesim desse triste vale contar.
Nada lá que não se mova –
Nada salvo os ares que cismam
Sobre a mágica solidão pousam.
Ah, por vento algum são agitadas aquelas árvores
Que palpitam como o mar frio das marés
Em volta das míticas Hébridas!
Ah, por vento algum esse nevoeiro conduzido
E que sussura através do intranquilo Paraíso
Inquieto, de manhã à noite, preciso
Sobre as violetas que lá se deitam num plano
Em miríades de tipos do olho-humano –
Sobre os lírios que lá acenam
E sobre uma tumba sem nome choram!
Eles acenam: – do topo dos seus cumes aromáticos
Eternos orvalhos descem às pingas dramáticos.
Eles choram: – das suas hastes delicadas
Pérolas perenes descem lacrimadas.

(Tradução: Philipe Pharo)

O GATO PRETO

Desta mais extraordinária, e, no entanto caseira narrativa que estou prestes a grafar, eu não detenho qualquer expetativa nem farei qualquer solicitação de que me creiam. De resto, louco seria eu de facto se tivesse semelhante expetativa neste caso em que os meus próprios olhos rejeitam a própria evidência. E, no entanto, louco não sou — e com firme certeza não estou a sonhar. Mas amanhã irei morrer, e hoje eu libertarei a minha alma de seus fardos. O meu imediato propósito é o de apresentar perante o mundo claramente, sucintamente, e sem comentários, uma série de meros acontecimentos caseiros. Nas suas consequências estes eventos aterrorizaram, torturaram e destruíram-me. No entanto, não tentarei explicá-los. Para mim eles representam pouco mais do que o Horror – para muitos eles irão aparentar-se ser menos terríveis do que rocambolescos. Noutro momento, talvez, será possível encontrar algum intelecto que permita reduzir a minha fantasia ao lugar comum, algum intelecto mais pacífico, mais lógico, e muito menos excitável que o meu próprio, que irá percecionar, nas circunstâncias que detalho com temor, nada mais que uma mera sucessão de causas e efeitos naturais.

Desde a minha tenra infância que eu fui notado pela docilidade e humanidade do meu temperamento. A minha sensibilidade era de tal forma proeminente que fazia de mim a troça dos meus companheiros. Eu era especialmente apaixonado por animais, e fui merecedor de grande indulgência de meus pais, mantendo por isso uma grande variedade de animais de estimação. Com estes eu despendia a maior parte do meu tempo, e era quando os alimentava e acariciava que eu me sentia verdadeiramente feliz. Esta peculiaridade de caráter cresceu à medida que me tornei adulto, e na minha idade adulta derivei dela uma das minhas principais fontes de prazer. Para aqueles que tiveram o prazer de sentir afeto por um cão fiel e sagaz, pouco preciso de me dar ao trabalho de explicar a natureza ou a intensidade da gratificação daí advinda. Há algo de altruísta e autocrucificado no amor de um bruto que vai diretamente ao coração daquele que tenha tido a ocasião frequente de testar a amizade mesquinha e ténue da fidelidade de meros "Homens".

Casei cedo, e tive a felicidade de encontrar na minha esposa uma têmpera que não se desagradava da minha. Observando a minha parcialidade por animais de estimação domésticos, ela não perdeu uma única oportunidade de aceitar aqueles que eram de espécies mais consensuais. Nós tínhamos pássaros, peixes-dourados, um bom cão, coelhos, um pequeno macaco, e um "gato".

Este último era um animal notavelmente grande e belo, completamente preto, e sagaz até um nível estonteante. Falando da sua inteligência, minha esposa, que por natureza não era nem um pouco supersticiosa, fazia alusões frequentes à antiga noção popular que considerava todos os gatos pretos como sendo bruxas disfarçadas. Não que ela tenha alguma vez levado essa matéria a sério, e registe-se que eu mencionei o assunto por mais nenhuma outra razão além da que me leva a constatar que isso continua a acontecer ainda nos dias de hoje, para que seja lembrado.

Pluto, era esse o nome do gato, era o meu animal de estimação favorito e amigo de brincadeiras. Apenas eu o alimentava, e ele acompanhava-me onde quer que eu fosse pela casa. Era até com elevada dificuldade que eu conseguia evitar que ele me seguisse pelas ruas.

A nossa amizade permaneceu desta maneira por vários anos, durante os quais o meu temperamento e caráter – pela instrumentalidade do Demónio da Intemperança – havia (fico corado só de o confes-

sar) experienciado uma alteração radical para pior. Eu tornava-me, dia para dia, mais mal-humorado, mais irritável, mais descuidado dos sentimentos dos outros. Sofri interiormente ao usar linguagem desregrada para com a minha própria esposa. Amplamente, cheguei-lhe a oferecer violência pessoal. Os meus bichos aperceberam-se obviamente da mudança da minha disposição. Não sós os negligenciei, mas também os maltratei. Para Pluto, no entanto, eu mantinha cuidado o suficiente para me impedir de o maltratar, como eu o fazia sem escrúpulos de maltratar os coelhos, o macaco, e até o cão, quando por acidente, ou por afeição, eles se atravessavam no meu caminho. Mas aquela doença cresceu dentro de mim – tal doença é como o Álcool! – e com o passar do tempo até Pluto, que agora se tornara velho, e consequentemente um pouco rabugento; até Pluto começou a sofrer os efeitos do meu mau temperamento.

Certa noite, retornando a casa extremamente embriagado vindo de uma das minhas tias na cidade, imaginei que o gato estava a evitar a minha presença. Prendi-o, quando, no seu susto perante a minha violência, ele me infligiu uma pequena ferida com os seus dentes na minha mão. A fúria de um demónio apossou-se de mim instantaneamente. Já não me reconhecia a mim mesmo. A minha alma original parecia soltar-se do meu corpo de uma só vez, e uma malevolência demoníaca, nutrida de gin, empolgou todas as fibras do meu corpo. Retirei um canivete do bolso do meu colete, abri-o, agarrei a pobre besta pela garganta, e cortei, deliberadamente, um dos seus olhos para fora da respetiva cavidade! Eu fico corado, ardo, estremeço, enquanto escrevo esta condenável atrocidade.

Quando voltei a razão na manhã seguinte, depois de ter esvaziado no sono os vapores do deboche da

noite anterior, experimentei um sentimento em parte de horror, em parte de remorso, pelo crime de que era culpado, mas não foi mais que um sentimento frágil e equivocado, e a alma permaneceu intocável. De novo voltei a mergulhar no excesso, e logo afoguei em vinho toda a memória daquele miserável feito.

No entretanto, o gato recuperou lentamente. A cavidade do olho perdido apresentava, é verdade, uma aparência medonha, mas ele não parecia continuar a sofrer qualquer dor. Ele andava pela casa como de *habitué*, mas, como se poderia esperar, fugia de qualquer aproximação minha absolutamente aterrorizado. Restava-me tanto de meu velho coração a ponto de primeiro ficar sensibilizado com esse evidente desdém por parte da criatura que em antes me amava. Mas este sentimento rapidamente me levou à irritação. E depois veio, como se para minha final e irrevogável derrota, o pleno espírito de PERVERSIDADE. A filosofia não dá conta deste espírito. No entanto vivo na incerteza de a minha alma viver, de que sou essa perversidade como um dos impulsos primitivos do coração humano – uma das indivisíveis faculdades primárias, ou sentimentos, que dão direção ao caráter do Homem. Quem de vós não deu por si a cometer uma ação vil ou estúpida, uma centena de vezes, por nenhuma outra razão que a de saber que não a deveria cometer? Não tivéramos nós uma inclinação perpétua, no limiar do melhor dos nossos julgamentos, de violar aquilo que é Lei, meramente porque a entendemos como tal? Este espírito de perversidade, eu diria, veio provocar o meu último derrube. Era esta insondável espera da alma que se irritava a si própria – a oferecer violência à sua própria natureza – a fazer o mal pela causa do próprio mal, que me urgiu a continuar e, finalmente, a consumar a lesão que eu havia infligido sobre o inofensivo bicho. Certa manhã, a sangue frio, enfiei-lhe um nó à volta do pescoço e enforquei-o num galho de uma árvore; – enforquei-o com lágrimas a verter dos meus olhos, e com o mais amargo remorso no meu coração; – enforquei-o porque sabia que ele me havia amado, e porque eu

sentia que não me tinha dado qualquer razão ofensiva; – enforquei-o porque sabia de antemão que procedendo dessa forma estava a cometer um pecado – um pecado mortal que assim poria em causa a minha alma imortal colocando-a – se tal coisa fora possível – ainda para lá do alcance da infinita misericórdia do Mais Misericordioso e Mais Terrível Deus.

Na noite do dia em que este cruel feito se realizou, eu acordei de meu sono devido a um grito de "fogo". As cortinas da minha cama estavam em chamas. Toda a casa flamejava. Foi com grande dificuldade que eu e a minha mulher, e mais um criado, conseguimos a nossa fuga do incêndio. A destruição foi total. Toda as minhas riquezas terrenas haviam sido engolidas, e eu resignei-me ao desespero daí em diante.

Estou acima da fraqueza de tentar estabelecer uma relação de causa e efeito, entre o desastre e a atrocidade. Mas eu estou a detalhar uma cadeia de factos – e não quero que fique nem um elo por encadear. No dia que se sucedeu ao do fogo, visitei as ruínas. As paredes, à exceção de uma, tinham abatido para o interior. Esta exceção encontrava-se numa parede de compartimento, não muito espessa, que se erguia por volta do meio da casa, e contra a qual se apoiava a cabeceira da minha cama. O estuque tinha aqui, em grande medida, resistido à ação do fogo – um facto que atribuí a este ter sido recentemente aplicado. Reuniu-se uma grande multidão em torno desta parede, e muitas pessoas pareciam estar a examinar uma porção da parede com a maior das minúcias e uma atenção ávida. As palavras "estranho" e "singular", entre outras expressões similares, despertavam a minha curiosidade. Eu aproximei-me e vi, como se gravado em baixo relevo sobre a superfície branca, a figura do gato gigante. Esta impressão deu-se com uma precisão verdadeiramente maravilhosa. Havia uma corda à volta do pescoço do animal.

Quando me deparei com esta aparição, pois não a poderia escassamente considerar como menos que isso, a minha imaginação e terror eram extremos. Mas com o tempo a reflexão veio em meu auxílio. O gato, lembrei-me, havia sido enforcado num jardim adjacente à casa. Depois do alarme de incêndio, este jardim havia sido imediatamente inundado pela multidão – de entre a qual alguém deve retirado o animal da árvore e de seguida atirado para o meu quarto através de uma janela aberta. Isto teria sido provavelmente feito com a ideia de me despertar do meu sono. A queda de outras paredes tinha comprimido a vítima da minha crueldade na substância do estuque fresco; cuja cal, com as chamas, e o amoníaco da carcaça, tinha então completado o retrato da forma que eu o vi.

Apesar de consequentemente eu ter voltado à minha razão celeremente, se não completamente à minha consciência, o surpreendente facto acabado de ser descrito, não deixou minimamente de provocar uma profunda impressão na minha fantasia. Por meses eu não conseguia livrar-me do fantasma do gato; e, durante esse período, lá vinha ao meu espírito uma espécie de sentimento que parecia, mas não era, remorso. Eu cheguei a tal ponto de me arrepender da perda do animal, e comecei a olhar em meu redor, entre os vis assombros que eu agora frequentava habitualmente, em busca de outro animal de estimação da mesma espécie, e se possível com uma aparência similar, com o qual pudesse suprir o seu lugar.

Uma noite ao sentar-me, meio estupidificado, num covil de mais que infâmia, a minha atenção foi repentinamente desviada para um qualquer objeto negro, repousado sobre a cabeça de uma das imensas pipas de Gin, ou de Rum, que constituíam a mobília do meu apartamento. Eu tinha fixado um olhar firme ao topo daquela pipa por uns minutos, e o que agora me causava surpresa era o facto de que eu não havia percecionado o objeto em cima dela. Aproximei-me dele, e toquei-o com a minha mão. Era um gato preto – muito grande – tão grande como Pluto, e revelava semelhanças em todos os aspetos à exceção de um. Pluto não tinha um pelo branco em nenhuma parte do seu corpo; mas este gato tinha uma enorme mancha branca, apesar de indefinida, que cobria quase toda a região do peito. Depois de eu o tocar, ele ergueu-se imediatamente, ronronou sonoramente, esfregou-se contra a minha mão, e pareceu deliciado com a minha atenção. Esta era, então, a exata criatura que eu procurava. De imediato ofereci-me para o adquirir ao senhorio; mas este não o reclamou como seu – não sabia de nada dele – nunca o havia visto antes.

Continuei com as carícias, e, quando me preparava para me dirigir para casa, o animal manifestou a vontade de me acompanhar. E assim lho permiti; ocasionalmente baixava-me e afagava-o enquanto seguia o caminho. Quando chegou a casa o bicho domesticou-se a si próprio imediatamente, e logo se tornou um dos favoritos da minha esposa.

Da minha parte, cedo lhe senti uma antipatia que crescia dentro de mim. Isto era exatamente o oposto do que eu havia antecipado; mas – desconheço o como e o porquê – a sua evidente afeição por mim repugnava e incomodava-me bastante. Em pequenos passos, estes sentimentos de repugnância e incómodo tornaram-se ódio e rancor. Eu evitava a criatura; um certo sentimento de vergonha, e a lembrança do meu ato de crueldade anterior, prevenia-me de maltratá-lo fisicamente. Durante algumas semanas eu não o ataquei, nem maltratei com violência de qualquer espécie; mas gradualmente – muito gradualmente – vim a olhá-lo com inefável aversão, e a fugir silenciosamente da sua presença hedionda, como se do bafo de uma pestilência.

O que acrescentou, sem dúvida, ao meu ódio pela criatura, foi a descoberta, na mesma manhã em que o tinha trazido para casa, de que, assim como Pluto, ele tinha também sido privado de um dos seus olhos. Esta circunstância, no entanto, apenas enterneceu a minha esposa, que, como eu já tenho dito, possuía, num grau elevado, aquela humanidade de sentimento que havia sido em tempos a minha característica distintiva.

A minha aversão a este gato crescia, no entanto, a sua simpatia por mim parecia aumentar. Seguia os meus passos com uma pertinácia que seria difícil de fazer o leitor compreender. Sempre que eu me sentava, ele agachava-se por debaixo da minha cadeira, ou saltava para os meus joelhos, cobrindo-me com as suas carícias repugnantes. Se eu me levantasse para caminhar ele metia-se entre os meus pés e por consequência quase me atirava ao chão. Ou, prendia as suas garras afiadas na minha roupa, e escalava desta forma até ao meu peito. Em tais alturas, apesar de eu desejar destruí-lo com um golpe, ainda me abstinha de o fazer., em parte pela memória de um crime anterior, mas principalmente – deixem que vos confesse de imediato – por temor da besta.

Este temor não era exatamente um temor de mal físico – e, no entanto, eu ver-me-ia perdido para tentar descrevê-lo de outra forma. Quase que tenho vergonha de saber – sim, até nesta cela de criminoso tenho quase vergonha de saber – que o terror e horror com o qual o animal me inspirava, tinha sido intensificado por uma das mais puras quimeras que seria possível imaginar. A minha mulher tinha chamado a minha atenção, mais do que uma vez, para o caráter da marca de pelo branco, a qual já vos falei, e a qual constituía a única diferença visível entre a estranha besta e aquela que eu havia destruído. O leitor lembrar-se-á que esta marca, apesar de grande, era originalmente muito indefinida; mas, gradualmente – de uma forma quase impercetível que a minha Razão, durante muito tempo, lutou para evitar considerá-la fantasiosa – havia assumido, no seu comprimento, um contorno distinguível com rigor. Era agora a representação de um objeto que me faz estremecer só por o nomear – e por isto, acima de tudo, abominei, e temi, e ter-me-ia livrado do monstro tivesse eu tido a ousadia – era agora, digo eu, a imagem de um hediondo – de uma coisa horripilante – um CADAFALSO! – oh, lúgubre e terrível motor de Horror e Crime – de Agonia e de Morte!

E agora eu tornara-me realmente um miserável, para lá da miserabilidade da Natureza Humana. E uma besta bruta, cujo semelhante eu tinha destruído sem qualquer desdém, uma besta bruta que me provocava – a mim, um homem imaginado à semelhança de Deus Todo-Poderoso – tamanha aflição intolerável! Pobre de mim! Nem de dia nem de noite tive a bênção de poder repousar um pouco que fosse. Durante o dia a criatura não me deixou só por um momento, e, à noite, eu comecei, de hora a hora, a ter sonhos de um medo indizível; a dar com o bafo quente da "coisa" sobre a minha cara, e o seu imenso peso – um pesadelo incarnado que eu não tinha forma de abalar – eternamente incumbido sobre o meu coração!

Debaixo da pressão de tormentos tais como estes, a frágil remanescência do Bem havia sucumbido em mim. Pensamentos demoníacos tornaram-se exclusivamente íntimos – o obscuro e mais demoníaco dos pensamentos. A instabilidade da minha têmpera usual cresceu para um rancor de todas as coisas e de toda a humanidade; enquanto, dos repentinos, frequentes, e ingovernáveis ataques de fúria aos quais me abandonei cegamente, a minha resignada esposa, infelizmente (!) era a mais habitual e mais paciente dos sofredores. Um dia acompanhou-me, a propósito de um qualquer afazer caseiro, até à cave do velho edifício que a nossa pobreza nos havia compelido a habitar. O gato seguiu-me pelas ingremes escadas abaixo, e, quase me fez cair de cabeça, tendo-me exasperado a ponto de me enlouquecer. Erguendo um machado, e esquecendo, na minha cólera, o temor infantil que havia até agora segurado a minha mão, acertei um golpe no animal que, evidentemente, se teria provado instantaneamente fatal tivesse ele caído como eu desejava. Mas este golpe foi impedido pela mão da minha esposa. Enraivecido pela sua interferência, com uma raiva mais que demoníaca, eu retirei o meu braço do seu agarrão e enterrei o machado no cérebro dela. Ela caiu morta naquele mesmo momento, sem um único gemido, a mulher amada de meu peito.

Após o cumprimento deste hediondo crime, eu dediquei-me imediatamente, e deliberadamente, à tarefa de ocultar o corpo. Eu sabia que não poderia removê-lo da casa, nem de dia nem de noite, sem correr o risco de ser visto pelos vizinhos. Surgiram-me muitas ideias na minha cabeça. Por um momento pensei cortar o cadáver em fragmentos diminutos, e destruí-los pelo fogo. Noutro, resolvi escavar-lhe uma campa no chão da cave. Novamente, pensei lançá-lo ao poço do jardim – pensei em empacotá-lo numa caixa, como se fora uma mercadoria, com o aspeto apropriado, e assim arranjar um carregador para o tirar de casa. Finalmente fui de encontro ao que eu considerei um expediente bem melhor do que qualquer um destes. Eu entendi escondê-lo na parede da cave – assim como são recordados os monges da idade-média por terem murado as suas vítimas.

A cave estava bem-adaptada para tal propósito. As paredes estavam construídas de forma folgada, e tinha vindo a ser estucada com um estuque áspero que a humidade da atmosfera havia evitado que houvesse endurecido. Além disso, numa das paredes estava uma projeção, provocada por uma falsa chaminé, ou lareira, que havia sido preenchida, e feita de forma a se assemelhar ao vermelho da cave. Eu não tive qualquer dúvida de que poderia prontamente mudar a posição dos tijolos nesse sítio, colocar o cadáver, e emparedar tudo aquilo como estava, de modo a que nenhum olho pudesse despistar qualquer coisa suspeita. E não me iludi neste cálculo. Por meio de um pé-de-cabra facilmente retirei os tijolos, e, tendo cuidadosamente depositado o corpo contra a parede interior, coloquei apoios para a manter nessa posição, enquanto, sem grandes problemas, voltei a colocar toda a estrutura como anteriormente havia sido erguida. Tendo adquirido argamassa, areia, e juntado pelo de animal que recolhi pela casa, com todas as precauções possíveis, preparei um estuque que não se conseguia distinguir do antigo, e com isto passei por cima da alvenaria muito cuidadosamente. Quando terminei a empreitada, senti uma grande satisfação por tudo estar bem. A parede não apresentava a mais pequena aparência de ter sido mexida. O lixo no chão foi varrido com o mais minucioso cuidado. Olhei à volta, triunfante, e disse a mim próprio – "Aqui por fim, então, o meu trabalho não foi em vão."

O meu passo seguinte foi o de procurar pela besta que havia sido a causa de tanta miséria; pois eu tinha, depois de maturar longamente, resolvido convictamente destiná-lo à morte. Tivesse eu a possibilidade de me encontrar com ele, naquele momento, e não haveria dúvidas sobre o seu destino; mas aparentemente o animal ardiloso tinha ficado alarmado com a violência da minha raiva anterior, e absteve-se de se me apresentar no meu presente estado de humor. É possível descrever, ou imaginar, a profunda, a bem-aventurada sensação de alívio que a ausência daquela detestável criatura ocasionou no meu peito. Não fez a sua aparição durante a noite – e dessa forma, pelo menos uma noite, desde a sua introdução na casa, eu dormi sadia e tranquilamente; sim, dormi, apesar do fardo do homicídio que havia perpetrado sobre a minha alma!

O segundo e o terceiro dia passaram, e mesmo assim o meu algoz não apareceu. Uma vez mais eu respirei como um homem livre. O monstro, com o terror, havia fugido da casa para sempre. Eu não o voltaria a ver. A minha felicidade era suprema! A culpa do meu feito obscuro perturbava-me apenas levemente. Ainda que poucos, foram efetuados alguns inquéritos, mas estes foram pronta e facilmente respondidos. Até uma busca tinha sido levada a cabo, mas claro que nada viria a ser descoberto. Eu pensei que a minha felicidade futura estava garantida.

Depois do quarto dia após o assassinato, veio uma patrulha da polícia, muito inesperadamente entraram na casa, e voltaram a proceder a uma rigorosa investigação do local. Assegurado, no entanto, pela impenetrabilidade do local em que havia encoberto o cadáver, não senti qualquer constrangimento. Os agentes obrigaram-me a acompanhá-los na sua busca. Eles reviraram tudo de uma ponta à outra. Exaustivamente, e pela terceira ou quarta vez, eles desceram à cave. Não me tremeu um só músculo. O meu coração batia tão calmamente como quem dorme um sono inocente. Percorri a cave de um extremo ao outro. Cruzei os meus braços sobre o meu peito, e por lá vagueei de um lado para o outro. A polícia estava completamente satisfeita e pronta a sair. O contentamento de meu coração era demasiado forte para se deter. Eu estava em pulgas para dizer pelo menos uma palavra, como uma forma de triunfo, e para garantir duplamente a certeza de certificar a minha inocência.

"Cavalheiros," disse eu por fim, enquanto a patrulha subia as escadas, "rejubilo por ter dissipado as vossas suspeições. Desejo-vos a todos muita saúde, e um pouco mais de cortesia. A propósito, cavalheiros, esta casa, é uma casa muito bem construída." (Com o desejo feroz de afirmar algo facilmente, eu mal sabia o que havia proferido.) — "Posso mesmo dizer, uma casa excelentemente bem construída. Estas paredes — já ides cavalheiros? — estas paredes foram solidamente erguidas." e aqui, através de um mero frenesim de cagança, atingi violentamente, com uma cana que segurava em minha mão, a exata porção de parede de alvenaria por trás da qual estava o cadáver da esposa do meu coração.

Mas possa Deus escudar e devolver-me das garras do Arqui-demónio! Tão depressa a repercussão dos meus golpes se afundou no silêncio, como fui correspondido por uma voz de dentro da tumba! – por um grito, primeiro abafado e interrompido, como o soluçar de uma criança, e depois rapidamente inflamando num longo, ruidoso, e contínuo grito, absolutamente anómalo e inumano – um uivo – um grito lamurioso, meio de horror e meio de triunfo, um grito tal como só se vindo das profundezas do inferno, no conjunto das gargantas dos represados na sua agonia e de demónios que exultam da sua maldição.

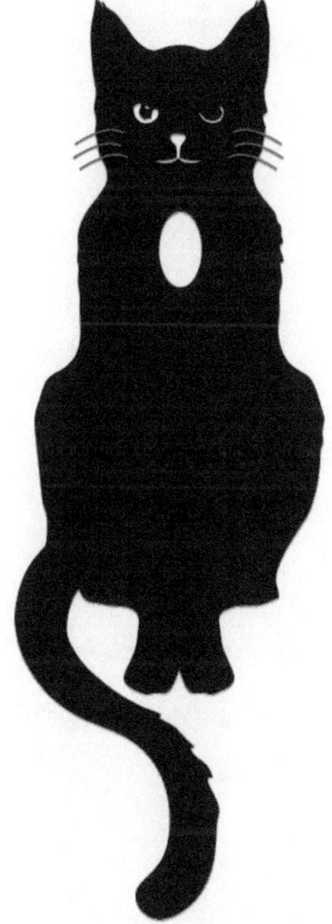

Seria um desvario falar de meus pensamentos. Delicadamente, cambaleei até à parede oposta. Por um instante a patrulha em cima das escadas permaneceu sem movimento, tomada de um terror e temor extremo. De seguida, uma dúzia de braços corpulentos estavam a bater contra a parede. Caiu inteira. O cadáver, já muito degradado e com sangue coagulado, permanecia erguido perante os olhos dos espetadores. Acima da sua cabeça, com a boca vermelha toda aberta e uma centelha de fogo no olho solitário, sentava-se a hedionda besta cuja astúcia me havia seduzido ao homicídio, e cuja voz delatora me consignaria ao carrasco meu executor. Eu havia emparedado o monstro dentro da tumba!

FIM

SOBRE O AUTOR

Edgar Allan Poe nasceu em Boston, Massachusetts, nos Estados-Unidos da América em 19 de janeiro de 1809 e faleceu aos 40 anos em 1949, a 7 de outubro, permanecendo as suas causas e circuntâncias de morte desconhecidas até ao dia de hoje, os seus registos médicos e certificado de óbito nunca foram encontrados. Foi Poeta e Contista, escritor de magníficas "short-stories" do mistério e do macabro, bem como crítico literário e editor. É considerado uma figura central do romantismo literário americano, e também inventor do género literário policial, além de propulsor da ficção científica que emergia na sua época. Foi o primeiro escritor americano a viver somente da sua escrita, e por isso viveu uma vida e carreira financeiramente complicada.

TÍTULOS DA COLEÇÃO
DEZ MARAVILHAS DE JACK LONDON

JÁ PUBLICADOS

Emil Gluck: O Pior Inimigo do Mundo
Vol. I (2ª Edição)
Jack London
Tradução: Philipe Pharo da Costa

Uma Invasão Sem Precedentes
Ou: A Guerra de Jacobus Laningdale
Vol. II
Jack London
Tradução: Philipe Pharo da Costa

O Conto das Mil Mortes
Ou: O Navio da Tortura
Vol. III
Jack London
Tradução: Philipe Pharo da Costa

O Pagão
Vol. IV
Jack London
Tradução: Philipe Pharo da Costa

A PUBLICAR BREVEMENTE

O Vermelho
Vol. V
Jack London
Tradução: Philipe Pharo da Costa

OUTROS TÍTULOS
PUBLICADOS PELA CONTRAATIRCSE

Livro dos Poemas de Fruto Proibido
do Doutor Armando do Sal
e Outros Textos Neoexperimentais
Philipe Pharo da Costa

As Meias do Poeta Victor Nuno de Menezes
e Outros Fragmentos Físico-Teóricos
Philipe Pharo da Costa

Me And The World: Poetry and Fragments
(Bilingual Edition Portuguese-English)
Philipe Pharo da Costa

De Moi Vers Le Monde
(Édition Bilingue Portugais-Français)
Philipe Pharo da Costa

Este Aparelho Deve Ser Instalado
Por Pessoas Competentes
(Primeiro Manual)
Philipe Pharo da Costa

A PUBLICAR BREVEMENTE

O Carregador Zarolho
Série Grandes Autores
Voltaire
Tradução: Philipe Pharo da Costa